아버지의 웃음

아버지의 웃음

하계열 시집

산지니

단 한 번만이라도
크게 웃어 보고 싶은
세상의 모든 아버지들께
삼가 이 작은 시집을 바칩니다.

自序

아침마다 내가 무심코 내다
보고 있었던 창밖의 사물들
이 이제는 그 창을 통하여 나
의 내부를 들여다보고 있다
는 깨달음의 시간들이 많아
졌습니다.

내 눈으로 볼 수 있는 여러
가지 사물들과 보이지는 않지
만 또렷이 볼 수 있는 내 삶의
내면적인 궤적들을 간추려 부
끄러운 두 번째 시집을 꾸려보았습니다. 곁들여 스마트폰으로 촬
영한 내 나름의 의미 있는 사진들을 함께 실었습니다. 누구나 찍
을 수 있는 평범하기 짝이 없는 사진이고, 누구나 쓰고 다듬으면
해낼 수 있는 시편들입니다. 나의 이 졸서가 많은 사람들로 하여
금 나도 이 정도는 할 수 있다는 용기와 도전적 결행을 이끌어내
는 작은 씨앗이 되었으면 합니다.

아름다운 한 폭의 그림을 그려내듯이 사진을 만들고, 그 사진에 내가 하고 싶은 이야기를 시적 이미지로 담아내는 서툰 작업이 내게는 큰 행복이었습니다. 분주한 일상 속에서 은밀히 키워온 사랑의 열매들입니다.

쉬우면서도 무게 있게 읽힐 수 있는 시, 시의 품격을 잃지 않고서도 시다운 시를 쓴다는 게 참으로 어렵고 때로는 고통스럽다는 것을 절감하고 있습니다. 옹이 박힌 내면의 소리를 치열하게 다듬어 더 고운 시를 토해내는, 더 깊이 고뇌하고 세상 모든 것을 사랑하는 겸손한 시인의 길을 걸어가야겠다고 다시 한 번 다짐하려 합니다. 나의 내면으로 들어가서 나의 생명이 솟아 나오는 깊은 바닥을 찾는 데 천착하려 합니다. 나 자신을 창조하지 않고는 배길 수 없다는 자문자답의 세월을 엮어나가는 데 게을리하지 않겠습니다. 용기 북돋아주시고 따뜻하게 격려해주신 모든 분들께 감사드립니다.

2013년 9월
하계열

7

차례

1부
아름다운 기억들

아름다운 세상

아름다운 흔적들이여!

雨水、아침비

음력 정월 초아흐레
우수 아침에 비 내린다
가늘게 가랑비 내린다

겨울 연무에 젖은 키 큰 나목들
시린 바람 속으로
우수 아침비 차갑다

간밤 누군가를 떠나보낸
이웃들 우수憂愁를 적시며
허전한 가슴에 내리는
우수 아침비를 바라보는
고즈넉한 우수 아침

차갑고 쓸쓸해 보이는 저 빗줄기
머잖아 홍매화 봉오리 틔우며
화사한 꽃보라 데리고 오려나

* 2013. 2. 18(음력 1. 9)이 雨水였고 월요일이었는데
아침부터 차가운 비가 내렸다.

14

남이섬 갔을 때

저렇게 벗고
시린 바람 앞에 서 보아야 한다

그래서 우리는
저토록 야윈 겨울나무가 되어
먼 산 비 뿌림을 바라다보며
젖은 땅 깊이 잠든
지난 가을날 이별의 잔해를
그리고 수많은 낙엽들 행적을
잠시 잠시 그렇게 생각해 보고서는

가슴 아리게 떠나보내야 했었던
우리들 젊은날 흔적까지도
다시 한 번 뜨겁게 어루만지며

비 내리는 남이섬 떠나올 때
우리와는 아무런 상관도 없이
봄은 비에 젖어
푸른 강물을 아주 느리게 건너오고
우리는 시린 바람 앞에
겨울나무 되어 나란히 서 있었다

숲에 앉아서

그들이 남기고 간 포옹은 나무가 되고
그들이 남기고 간 설렘은 바람이 되고
그들이 남기고 간 밀어는 안개가 되고

오래된 자작나무 숲은 봄비에 젖어
더 깊고 짙은 그림자 드리운 채
강을 건너온 우리들마저
오래오래 저렇게 남아 있으라고

포옹도 설렘도 잊혀진 밀어까지도
이제는 모두 우리들 것이 되고

이 봄, 하늘 가득 비에 젖은 남이섬
은밀한 숲의 유혹이 아쉬울 뿐

봄
이
　
돌
아
와
요

얼었던 강물이 풀리고
드디어 봄이 돌아오는 길목에서
나는 사랑인 당신을 만나고

당신의 푸른 버들가지 흔들며
바람처럼 봄이 왔음을 느끼고

봄이 돌아오는 환희의 길목이
행여 막히지나 않을까
두근거리는 내 작은 가슴으로
당신을 뜨겁게 껴안아 보고

그때 사랑인 당신의 속삭임에
봄이 귓뿌리에서 돋아나고 있음을
온몸으로 느끼고 전율하면서

봄이 돌아오는 저 들녘을 힘차게 내달리는
한 마리 야생마의 거친 숨결로
얼었던 땅 위에 새싹을 틔우고
멈춰 섰던 강물 모두 풀려
지난여름 울창했던
우리들의 숲들이 일제히 일어나는
그런 봄날이 돌아와요

성지곡 봄 햇살

백양산 밤새 내려온 골바람 자락
편백숲 가득 연초록 풀씨 날리고

백년 긴 세월 견디어 온 물막이 돌둑 아래
노오란 목련 꽃봉오리 숲 그늘에 수줍은데

참새 떼, 까치, 뻐꾸기 산새들 울음소리
키 큰 삼나무 숲으로 잦아들고

연못가 산벚나무 어린 새순 바라보며
아침마다 목례 문안인사 주고받는
정다운 이웃들 생기 넘치는 일상

저만치 성큼 다가선 봄, 성지곡 춘삼월
파릇파릇 행복한 봄 햇살이 마냥 넉넉하다

* 성지곡 : 부산광역시 부산진구 초읍동에 있는 우리나라 최초의 근대적 상수도 수원지로 1909년도에 완공되었으며 지금은 100년 자연생태공원으로 시민들의 사랑을 받고 있다.

함박 꽃눈

섬진강 은빛 모래 가슴에 담고
화개장터 지나
쌍계사 가는 길
봄, 꽃눈이 내리네

둘레산은 푸르게 맵시 차리고
물 맑은 골짜기 빛살마다 눈이 시린
쌍계사 가는 길
흰 듯 붉은 듯 파르르 파르르
봄, 꽃눈이 휘날리네

쌍계사 가는 길 시오리 혼례길 위에
만나지 못한 그리운 임 서러워
벚꽃 함박눈 꽃보라 흩날리며
봄은 벌써 저만치 혼자서 가네

봄,
자유로움

저 멀리 두고 온 무거운 도시
내 일상의 두께만큼
봄 물살 편안한 유영遊泳이다

이름 모를 풀꽃 지천으로 피어나고
향내 짙은 산채山菜는 접시에 아늑한데
나는 아무런 간섭도 제지도 없이
자유로이 텅 빈 세상 둘레 서성대니
어머니 손맛 그리움도 가득하다

지리산 맑은 산경山景에 두 눈 감기고
붉게 익은 오미자 술잔엔
고운 임 입맞춤 소리없이 빙글빙글

이 봄날, 두 눈 멀고 두 귀 닫힌다 해도
바람에 날리는 꽃보라 움켜쥐고
아련한 춘정春情 속으로 자맥질하는
참 좋은 나의 봄날
이 자유로움

산촌 찻집에 앉아

창밖에는 화사한 봄볕,
흰 벚꽃 눈송이 되어 날려 오고
이생강의 대금산조 엇모리 휘모리 장단
흔들리고 또 흔들려
우리들 가슴 조금씩 아려 오는데
편안하게 마주앉아 그윽이 바라보는
쌍계사 우전차雨前茶 짙은 향기
그 향기 따라가며
이 봄, 우리들 사랑도 곱게 짙어가고

봄, 통영 바람 쐬러

사랑하였으므로 진정 행복했고
에메랄드 빛 하늘까지 사랑했던
청마青馬 문학관 돌계단에 앉아
나도 사랑을 보았네, 그대 보았네

버리고 갈 것만 남아서
참 홀가분하다 했던
박경리 기념관 앞뜰 나무의자에 앉아
나도 홀가분함을 느꼈네, 그대 느꼈네

쪽빛 통영 바다 잔잔함을 바라보며
우리들 은밀한 사랑에 대하여
짧은 삶과 긴 그리움에 대하여
그 어떤 한마디 말도 없이
다만 봄바람만 꼬옥 껴안고 있었을 뿐인데

늦은 저녁 식탁엔 봄나물 향기 가득하고
나는 문득 그대 눈빛 속
통영 바람 맞으며
가슴 펼치고 있었네, 그대 가슴도 열렸네

봄, 저녁밥상 앞에서

남해 쪽빛바다 푸른 물살 따라
오래오래 사랑했던 가오리 한 쌍
맵싸한 회무침으로 희생되고

봄 도다리 한 마리는 외롭게 토막 나
개운한 쑥국에 조용히 잠겨 있는

먼 여행길 낯선 거리에서
낯선 사람들 만나고 헤어지고
해질녘 붉은 노을 가만히 바라보며
이제사 마주 앉아보는 그리운 그대여
사랑하고 또 사랑하는 그대여

젓가락 듬뿍 우리들 사랑을 집어요
숟가락 가득 우리들 사랑을 담아요

무심히 흘려보낸 세월
오래 잊었던 우리들 아픈 사랑은
이제 한 잔 말간 소주가 되고
한 그릇 따뜻한 밥이 되어
봄, 저녁마다 우리를 꽃이 되게 하리니

봄,
흩날리다

황진이는 속치마 훌쩍 던져
상사불망想思不忘 총각 넋 달랬다는데

길 가는 남정네 넘겨다 본
지울 수 없는 그 회한의 끝자락에
일엽一葉은 청춘을 불사르고
출가위승出家爲僧 속세의 연을 끊었다는데

이 봄 나지막한 담장 너머로
포르르 포르르 나비떼 무수히 넘나들고

설핏 당신 생각 내 그리움은
나른한 봄 꿈 꽃이 되어
붉은 꽃잎 흩날리며 길 떠나가네
너울너울 바람결 따라 먼 길 떠나가네

* 일엽一葉스님: 속명 김원주(1896~1971)
『청춘을 불사르고』 등의 저서를 남김

봄, 아름다운 기억

골마루 끝으로
내가 가슴 조이며 좋아하는
키 작은 여선생님
예쁘게도 걸어가신다

유리창 너머
봄꽃들이 무리지어 흔들리는 늦은 오후
어디선가 맑은 풍금소리 들려오고

어둑한 긴 골마루 끝으로
따박따박 걸어가시는
선생님의 귀여운 발자국 소리
내 어린 가슴은 쿵쾅쿵쾅

나무결 반들거리는 골마루 바닥
가만히 엎드려 두 눈 감는다

선생님 예쁜 뒷모습 사라진 후
겨우 봄꿈에서 깨어날 수 있었던
어느 봄날 아름다운 기억 하나
내 고운 봄날의 그리움이여

짧아은 봄 붙들고

봄에 피는 꽃은 다 곱고 아름답다
고운 봄꽃을 오래오래 보고 싶다
울긋불긋 화사한 아름다운 봄꽃을

봄이 가면 봄꽃은 시들고 만다
봄꽃이 지면 봄날도 간다

봄이 짧아졌다
모질게 견뎌낸 겨울 끝자락에서
몇 송이 봄꽃을 본 듯 만 듯한데
벌써 봄날은 가뭇가뭇 사라져 간다

무슨 일로 봄이 짧아졌나
까닭인즉슨
여자들 치마 길이가 짧아져
봄날이 제풀에 수줍어 숨어버리는 거라고
봄꽃이 더 뽐낼 수 없기 때문이라고
때로는 부끄럽고 민망스럽기도 하다고

봄날, 봄꽃 송이송이
아름다운 각선미에 주눅이 들어

짧은 치마 속 여인들의 품속에
숨어가 안겨버린 건 아닌지

정녕 그러하다면
세상의 아름다운 여인들이시여
긴 봄날 아름다운 봄꽃을 위해
아름다운 긴 주름치마 차려입으시고
이 봄, 오래오래 붙잡아 주어요

가을
소
묘
素
描

바람을 앞세우고 그리움이 불어온다
억새풀 스치며 외로움이 따라온다

저무는 가을, 구름 가득히 하늘을 가리고
들녘 너머 낮게 살아온 산그림자들

스산한 가을빛 바람소리 시린데
그리움은 가슴 조이는 길고 긴 기다림으로
외로움은 마른 억새풀 줄기로 흔들리면서
저렇게 구름이 되고 바람이 되고
가을은, 적적한 이 가을은
한 폭 빈 그림으로 남아

가을빛

봄 여름 내내 무수한 비바람
많이도 울먹이며 참고 또 참아내던
그 서러움 이제사 하얗게 야윈 흔들림으로
저문 가을을 건너가고 있음이니

마른 억새의 몸부림은
짙붉은 꽃색도 그윽한 향기도 없이
끝없이 불어오는 마른 바람 속으로
흔들리고 또 흔들리며
갈색 추억 몇 타래 풀고 있음이니

깊은 가을밤에

붉은 석류 그림 아주 잘 그리시는
송 화백님의 가을밤 정원
석류꽃 대신 노오란 모과 몇 알
눈이 부시다

시 쓰시는 안주인 서정 덕분인가
못생긴 줄만 알았던 저 모과
지금 보니 참 예쁘다

스처가는 바람결 억새풀 서걱이고
흰 달 저무는 시린 밤기운
야윈 가지 마지막 잎새들
소슬한 음표로 조금씩 흔들린다

나도 덩달아 조금씩 흔들리고 싶은
참 좋은 밤이다
깊은 가을밤이다

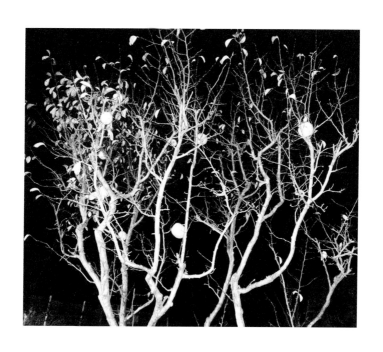

천년 밀회
千年 密會

무성했던 유채꽃밭 자취도 없고
반야월 옛 성터 첨성대 건너며
지난 가을날 나는 보았네

초록 불빛 속을 거닐고 있는
신라 연인들의 아주 은밀한 만남을

사랑했던 사람을 만나고
그리워했던 사람을 다시 만나고
지금껏 만나러 오고 만나고 가는 사람들

우리가 언제 죽었고
우리가 언제 묻혔던가

끝내 죽지도 묻히지도 아니하였으니
오늘밤 가을바람 맞으며
그때 자작나무 껍질 벗겨
한 마리 천마天馬 곱게 곱게 접어주며
하늘 오르거든 우리 다시 만나자던

고운 임 당신 못내 그리워
이 밤도 천년 같이 거닐고 있을 뿐
지난 가을날 그리운 임 나는 보았네

천년 동행 千年 同行

반월성 자작나무 숲으로
별빛 구름은 그리움의 강이 되고

천년 세월 바라보는 우리네 사랑은
무너지지 않는 단단한 성채가 되리라

이 밤, 기꺼이 나는 석공石工이 되어
쏟아지는 유성流星을 당신 가슴에 담는다

바람이 불면 바람소리 켜켜로 쌓고
비 내리면 강물에 흠뻑 젖어도 좋으련만
봄 여름 가을 겨울 켜켜로 쌓아올려
흐르는 구름 따라 하늘이 되리라

이 밤, 소중한 우리네 깊은 사랑은
무너지지 않을 둥글고 둥근 돌기둥이 되어
반월성 자작나무 숲에서
천년 동행 고운 꿈을 꾼다

꽃들은 다 어디로 가나

깊은 가을 떠나보내면서
나는 슬픈 이별의 눈으로 생각했다
저 많은 낙엽들은 다 어디로 가나

바람결 흩날리는 은행잎들
무리 지어 거리를 헤매는 가로수 낙엽들
끝내 흙이 되고, 허공에 날리고
샛강물에 뜨고 가라앉아
먼 바다로 흘러서 가나

그렇게 늦은 가을과 긴 겨울을 보낸
내 부질없는 의문의 끝자락
이 봄은 지난 가을날 낙엽보다
더 많은 붉은 꽃들을 피워내었음이니

저 많은 꽃잎, 세상 가득히 피어오른
아름답기 그지없는 저 꽃잎들
또 어디로 흩어져 가야 하나

외
로
운
섬

바람은 늘 불어오는 것
파도도 멈추지 않는다

보이지 않는 먼 곳에서
휘몰아쳐 달려와서는
보이지 않는 곳으로 스러져 가는
깊고 깊은 이 허탈감

막을 수도 잡을 수도 없는
저 바람 저 파도
끝없는 흐느낌 감싸 안고

수평선에 매달린
외롭고 외로운 섬 하나

언젠가는 적막한 밤하늘의 별이 되어
세월을 보듬고 품어 가리라

세월洗月、 달빛을 씻다

달빛 한 줄기 길게 끌어내려
달빛 흐르는 손 시린 개울물에
우리 어머니 흰 광목廣木 빨래하듯
소소한 몇 가지 번민 한데 풀어
휘휘 헹굼질 하고픈
달빛 청려한 깊은 가을밤

지난 세월歲月, 달빛 밟던 그리움 하나
실개천 물살 따라
저만치 바삐 바삐 흘러서 가는데

남아 있는 세월歲月, 사랑으로 품으려
달빛 한 줄기 곱게 씻어
내 더운 가슴에 뜨겁게 담아 보네

겨울산

눈 내리지 않아도 그곳엔 늘 한기가 서려
두려운 마음 멀리서 가급적 더 멀리서
겹겹으로 둘러 선 당신을 바라다봅니다

몇 번씩이나 가쁜 숨 몰아쉬면서
힘겹게 힘겹게 넘어온 저 능선
지난 가을을 이겨내지 못한
무수한 낙엽들 땅 속 깊이 잠들어 있고

내 무거운 발걸음에 부딪히는 수많은 돌부리
참으로 든든하고 때로는 뜨거워
산제비 넘나드는 봄날
오고야 말 것이라는 믿음
동천冬天에 맞닿아 있음이니
오늘 하루 결코 차갑지 않습니다

· 2부 ·

오래된 그리움들

끝없이 밀려오는 파도
그립고 그리운 사랑이여!

꽃이여, 사랑하는 꽃이여

자욱하게 안개비 내리는 아침
나는 홀로 초록우산 받쳐 들고
물뿌리개 가득 너에게 물을 뿌린다

꽃이여, 내가 사랑하는 꽃이여
비록 내가 모자라도
너에게 사랑을 줄 수 있다는 일념으로
부드러운 단물을 뿌려줄 뿐이다

아침 안개비 맞으며
찬찬히 너를 들여다보는 이 순간이
어쩌면 다시 올 수 없다고 하여도
나는 더없이 행복하고 행복하다
꽃이여, 내가 사랑하는 나의 꽃이여

다시 못 올 것에 대하여

청사포 바다는 늘 푸르다
푸른 청사포 너른 바다

거센 해풍에 가슴 풀고
흰 속살 드러내는 아침 모래톱

길고 긴 외로움의 발자국 여럿
희미한 흔적을 남겼어도
다시 못 올 것에 대한
작별, 그 다음이 있었을 뿐인데

그대 지금 청사포에 와서
무엇을 확인하려 하는가
저 파도, 저 바람, 저 그리움들
다시 못 올 것에 대하여

손수건에 젖었던 그 날의 해후는
바닷바람에 나부끼고
청사포 바다 늘 아프게 푸르다

돌아올 사람

길 떠난 사람을 기다립니다
멀리 떠난 사람을 기다립니다
돌아올 사람을 기다립니다

기다림에는 사랑의 물결이 출렁입니다
기다림에는 재회의 꽃들이 피어납니다
기다림에는 한밤의 밀어가 녹아 있습니다

기다림의 목마름으로
기다림의 설렘으로
기다림의 강물은 결코 마르지 아니하고

당신과의 가슴 벅찬 해후는
한여름 푸른 들녘에
한없이 쏟아지는 여름 소나기

비록, 거센 폭우에 온몸 젖는다 해도
당신과 함께할 뜨거운 그리움이 있어
긴 여름날의 기다림, 참으로 행복합니다

금방 돌아올 당신을 기다립니다

사
랑
한
다
는
것
은

어떤 사람을
그리워하는 것은 사랑이 아니다
그리움은 욕심일 뿐이다

어떤 사람을
죽도록 사랑한다고 말하는 것은 사랑이 아니다
죽지 못하는 바보일 뿐이다

어떤 사람을
죽도록 사랑하고 사랑한다면
그리워하지도, 말하지도 말아야 한다

지독하게 보고 싶은 사람
그런 사랑 이 세상에 한 사람 있다면
두 눈 가만히 감아 볼 일이다

두 눈을 감고도 또렷이 볼 수 있는
그런 사람 이 세상에 하나 있다면
그것이 사랑이라고 해도 좋을 것이다
사랑한다는 것은 그런 것일 것이다

보름달 뜰 때면

붉은 달
하늘에 그리움 가득하다

그리운 사람 그리운 눈빛
달빛에 가득하다

얇은 구름 흩어지는
초저녁 서늘한 바람소리
내 눈과 두 귀는 이미 멀어버리고
몇몇의 생에 대한 미안함과
지워지지 않는 옛것에 대한 연민들
또 그 몇몇의 아픈 기억들

야위어 가는 앙가슴 두 손 모으고
처연히 바라다보는
붉은 달
하늘에 그리움 가득하다

간밤의 우리들 욕정은 뚜렷하였으나
추상화는 이해하기가 어렵다

헤아릴 수 없는 색감의 유혹
어지러운 선과 점들의 교태
그것들이 만들어 내는 짙은 명암, 혼의 그림자

세상을 지배하고 재단하듯
공간 넓게 드리워진 그림틀은 육중하고
그보다 더 탱탱한 쇠조각품
우리들은 남몰래 입맞춤을 하면서
목마른 우리들 지성의 빈곤을 감추었다

그때, 우리들 짧은 입맞춤은 긴 여운을 남긴 채
현란한 조명 불빛 밑으로 사라지고
연초록 잎새, 봄이 무르익는 숲 그늘에서
우리는 다시 가벼운 입맞춤을 하고
미술관 앞뜰 무겁게 걷고 있는 사람들을 보았다

삶이라는 게 참 좋은 전시회라고
우리들 사랑도 그러하다는 것을 느꼈다

로마에서의 하루, 영원한 나의 환상
- 흑백영화 속의 그녀를 그리워함

당신은 하루를 도망쳐 나온 공주였고 나는 당신을 훔치고 싶었던 도둑이었고 당신의 눈망울은 유난히 크고 맑았으며 나는 잠들 수 없는 바람이었으니 당신과 나의 로마에서의 만남은 봄날 풀잎에 맺히는 새벽 이슬 같았지. 스페인 광장 돌계단을 내려오면서 당신은 바그너를 들었고 나는 스탕달을 만났고 당신과 나는 트레비 분수에 동전 몇 닢을 던져 넣고는 뜨거운 해후를 염원했지. 당신의 희고 가녀린 오른 손목은 진실의 입에 깨물리지 않았고 나는 콜로세움 원형 경기장 검투사가 되어 당신을 구원하였으며 당신과 나는 카타콤베 지하 무덤에서 하늘나라에 오를 수 있는 기적을 어루만지며 어둠 속에서 잠시 포옹했었지. 당신은 콘도티 거리에서 빨간 속옷을 갖고 싶어 했고 나는 당신의 흰 속살을 넘겨다보면서 몇 번씩이나 당신에게로 무너졌고 당신과 나는 산피에트로 대성당에서 무릎을 꿇고 앉아 하늘이 맺어준 사랑이 이 세상 아무도 깰 수 없는 피의 계약이 되어주기를 간절히 간절히 기도했지. 해질녘 베네토 거리 오래된 카페에서 당신은 내 어깨에 얼굴을 묻고 로마에서의 하루를 당신 가슴에 차곡차곡 쌓고 있었지. 당신과 나의 하루는 그렇게 새벽녘 풀잎에 맺히는 아침 이슬이 되

62

어가고 있었지. 마침내 우리들 하루는 영롱한 비누방울처럼 하늘 높이 날아올랐고 당신은 당신의 왕궁으로 돌아가야만 했고 나는 빈민가 나의 작은 월세 방으로 돌아와야 했지만 당신은 나를 사랑했고 나는 당신을 용맹스레 훔치지 못했다는 자괴감에 빠져 당신을 내게서 빼앗아간 이 세상의 준엄한 법도와 냉정한 규율을 스스로 인정하며 내 작은 가슴에 묻어야만 했지. 당신을 사랑했던 로마에서의 그날 하루는 정녕 꿈길 속의 환상이었고 영원한 헤어짐의 전제였던가 하는 의문에 의문을 거듭하고 있을 뿐이지. 그러함에도 나는 당신을 지금도 사무치게 그리워하고 있지.

간절곶에 와서

간절한 소망이 이루어지는 곳
그래서 간절곶이라고

간절곳을 간절곳으로 적고 있음은
저마다 숨겨놓은 간절한 사연들 때문이라고

아침에 떠오른 동해의 붉은 태양이
하루를 넘기는 해질 무렵 기다림의 바닷가
몇 개의 빈 나무의자에는
가난한 사연들이 달빛에 젖을 거라고

사랑과 성공, 쾌유와 자유
또 다른 축복에 대한 간절함들이
해풍에 흔들리는 동해 바닷가
간절곳이 간절곳으로 바뀌어야 하는
내 그리움의 사연도
빈 나무의자에 외로이 앉을 거라고

오륙도 너머 그대에게

차라리, 한 마리 작은 물고기가 되어
당신의 물살에 몸을 맡기고 싶습니다

아니면, 한 마리 작은 바닷새가 되어
당신의 바람에 날개를 맡기고 싶습니다

눈부신 아침햇살 짙푸른 파도 너머
저 안개꽃 덤불 깊숙한 곳까지라도
그립고 그리운 당신을 찾아
한 마리 작은 물고기가 되었다가
때로는 작은 바닷새가 될 수도 있는
나만의 대여섯 개 작은 행복
가없는 수평선을 꼬옥 품고 있습니다

그
리
운
섬

노을 비낀 바다에 섬 하나 떠 있다
그립고 그리운 사람인 양
머리 푼 섬 하나 알몸으로 누워 있다

출렁이는 먼 기억의 수평선 끝
여태껏 떠 있는 그리움 같은

거센 풍랑 흔들리고 흔들려서라도
기어이 가고픈 젊은 날 흔적 같은

내 그리운 섬이여

부디 외롭지 않게 떠 있어라
그렇게 슬프지 않게 누워 있어라
그립고 그리운 사람인 양

그
들
이
　
남
기
고
　
간
　
것
은

그들은 떠나갔습니다
짙푸른 밤바다를 건너 그들은 갔습니다

장콕토처럼 살고 싶었던 시인과
에디트 피아프를 꿈꿨던 여자는
함께 타고 온 두 바퀴 녹슨 자전거를 버리고
지중해보다 짙은 동해, 짙푸른 바람에 실려
밤바다를 건너 훌쩍 떠나갔습니다

끝내 이루지 못한 그들만의 꿈과 사랑
아무것도 이 세상에 남기지 못한 채
다만, 몇 마디 삶에 대한 귀엣말을
빈 찻잔에 남겨 놓았을 뿐
그들의 애절한 포옹도 보이지 않습니다

그들이 떠난 저 푸르디푸른
동해 밤바다를 고혹스레 바라보며
그들이 남기고 간 것으로
그들이 바로 우리들인 줄을 알게 됩니다
나는 당신과 함께 있다고 한 속삭임과 함께

* 샹송의 여왕, 작은 참새 에디트 피아프는 1963년 10월 간암으로
47세의 생을 마감하였다. 친구였던 장 콕토(시인·화가·평론가)는
그녀의 사망 소식에 충격을 받아 심장마비로 4시간 후에 세상을 떠
났다.

블루와 화이트의 구성

하얀 담벼락 뒤에 숨어
푸른 밤바다를 유혹하고 있는 줄 알아요

초현실주의적 타오르는 정염으로
다크 블루의 냉기까지 끌어 안아 보고 싶어 하는
당신의 뜨거운 체온을 나는 느껴요
그리고 당신을 깊숙이 사랑하고 있어요

오늘 밤, 몬드리안은 말쑥하게 차려입고
부기우기를 즐기러 브로드웨이로 떠났어요
완벽하게 가장 예쁜 여인과 만나
묵묵히 댄스만을 즐기고 있을 그를 생각해 보아요

여기에 남아 있는 당신과 나는
깊고 푸른 밤 하얀 홑이불 같은
삶의 질감과 향기를 찾아야 해요

언제나 깔끔하게 텅 비어 있었던
그날, 몬드리안의 아틀리에 가득히
우리들 사랑을 완벽하게 풀어헤쳐
블루와 화이트로 다시 구성해 보는 거요

그것을 즐겨야 해요, 뜨거운 포옹으로

＊ 피에트 몬드리안(Piet Mondrian, 네덜란드, 1872~1944)
대표작 「브로드웨이 부기우기」 등을 발표한 신조형주의 추상화 작
가. 매주 일요일 밤마다 뉴욕의 댄스홀에서 춤을 즐긴 완벽주의자.
'부기우기'는 블루스에서 파생된 재즈 형식의 춤으로 몬드리안이
즐겼다고 함.

남자들이 떠나보낸 사랑 땜에
밤마다 흘린 눈물 다 쓸어 담아야
두 홉들이 쐬주 한 병 안 된다
절대 안 된다 내가 안다 너도 알고 있다

조금씩 잊혀져가는 푸른 기억들
꿈결같이 아련한 아픈 흔적들
아직 가슴 한켠 피멍으로 남아

남자들은 밤마다 짙푸른 바닥까지 내려가
푸른 젊은 날의 조각들 다시 짜 맞추며
두 홉들이 쐬주병 가득
그 찬란한 우울의 물감을 채우고 있다

블루, 사랑을 잃어버린 남자들의 혼불
꺼지지 않는 차가운 불덩어리 아니더냐

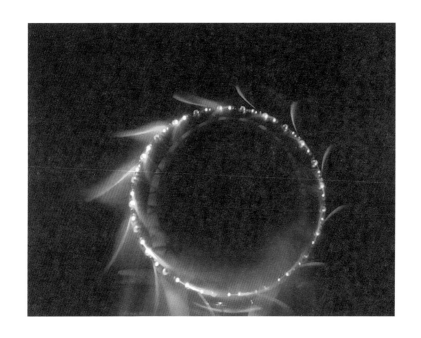

오
래
된
그
리
움

보고 또 보아도
또 보고 싶은 얼굴이 내겐 있다

두 눈을 다 빼앗겨
아무것도 바라볼 수 없을지라도
오히려 더욱 또렷이 볼 수 있는
그런 얼굴이 내겐 있다

불 꺼진 깊은 밤
질기고 질긴 연민의 어둠 속에서도
머뭇거리지 아니하고 찾아낼 수 있는
그런 얼굴이 내겐 하나 있다

비록 마지막 순간
세상 인연이 모두 사라지고
무섭고 두려운 적막감이
나를 엄습해 온다고 하여도
내게 끝까지 남아 있을
오래된 그리움 하나

보고 싶고 또 보고 싶은

긴 세월
소중하게 어루만지고 있는
그런 얼굴이 내겐 있다

흑백사진 속의

시도 때도 없이 그리운 너를 본다
바람결에 날려간 낙엽이었던가

빛바랜 상념想念 멀어져간 너를 본다
흩어지는 구름 물결 가만히 바라본다

어둠 속에서도 보이는 너
두 눈 꼭 감고 있어도 보이는 너
저만치 세월을 건너간 그리운 너를 본다

선명한 내 기억의 액자에
희미한 흔적으로 남아
미동 없이 웃고 있는 그리운 너를 본다
젖은 내 눈 애절하다

붉은 우체통

그곳에 가면 편지를 쓰세요
굵은 연필심 뾰족하게 다듬어
당신의 몸으로
당신의 마음을 새겨 보내 주세요

손가락 끝으로 터치하는
문자 메시지, 카톡은 싫어요

흰 봉투에 푸른 우표 붙여
붉은 우체통에 편지를 넣는
당신의 모습이 좋아요

당신의 사랑이 꽃이 되어 버린
그곳에 가면 편지를 쓰세요

당신의 사랑을 보내 주세요

한여름 밤의 꿈

폭설이 며칠을 두고 쉬지 않고
깊은 밤에도 펑펑 쏟아지는 그곳

새들이 잠든 숲과 마을 밖 들녘
흐르는 강물과 징검다리들도
쌓이고 쌓이는 흰 눈에 파묻혀
온통 눈의 나라가 되어버린 그곳

새하얀 설국雪國에 갇혀
아무런 이별도 없는 눈 세상에서
며칠을 두고 쉬지 않고
그대의 까만 눈동자 들여다보며
묻히고 묻혀 끝내 빠져나올 수 없는 그곳
눈나라 설국으로 가는 기차 여행

까닭

눈이 어두워지기 시작하면서
시인의 시에는 마침표가 없어졌다

가랑잎에 쓴 아주 짧은 가을시에도
여름날 장맛비처럼 길게 쓴 시에도
끝맺음의 부호, 마침표가 없다

돌아올 사람이 돌아올 때까지
끝내지 않고 기다려 주겠다는
떠나간 사람에 대한 배려인가
간절한 염원, 예의를 갖춘 기다림인가

푸르른 날의 마지막 편지에도
마침표가 없었으니
그때 헤어졌던 따뜻한 사연들
반드시 돌아올 것이라는 시인의 확신
그래서 시인의 시에는 마침표가 없다

아름다운 뺄셈

내 나이에서 마흔다섯 해를 뺄게
당신도 마흔다섯 해를 빼라
주저하지 말고 마흔다섯 해의
아픈 흔적들을 싹둑 잘라 내자

비로소 청춘이다
정말 곱디고운 청춘이다

아주 쉬운 뺄셈으로
잃어버렸던 마흔다섯 해의
해와 달과 별과 바람
미움, 그리움, 이별과 해후 그리고 아픔
그런 세상의 아름다운 가치들을
저 강물에 띄워 놓고
세월을 거부해 보자

아름다운 뺄셈으로
곱디고운 우리들 청춘이 되살아나게

행복한 외출

아무도 몰라보게 변장하고
길을 나선다

누가 알아볼까 가슴 졸이며
그대 당신 만나러
길을 나선다

언제 이 가면, 무거운 갑옷 벗어버리고
민낯으로 밝은 세상 거닐 수 있을까
그런 날 맞을 수 있을까

그래도 만날 수 있어 행복하다
남모르는 우리들만의 행복,
참 곱다

허전한 생각들

노을빛 속 산 그림자
깊어지는 생각들이여!

당신 두 분 함께 바라보시던
저 두 개의 섬은 지금도 달라진 것 없이
반짝이는 해면에 수석처럼 떠 있습니다

사랑은 함께 바라다보는 거라며
당신 두 분 나란히 함께 바라보시던
젊은 날 그 봄날의 섬 둘은
지금도 먼 수평선 함께 바라보며
저렇게 떠 있습니다

못내 그리운 두 분
지금 어디서 무엇을 함께 바라다보고 계신지요

아버지 뵙고 싶습니다
어머니 안기고 싶어요, 그리워요

큰
소
나
무

절더러 어깨 펴고 살라 하신
당신은 허리가 굽으셨습니다

절더러 한 점 부끄럼 없이 살라 하신
당신은 세월의 생채기 투성이였습니다

어느 청명한 가을날
저는 당신의 굽은 등
솔보굿같이 갈라진 손등
가만히 생각코 눈을 적십니다

아버지 당신은
제게 늘 큰 소나무였습니다

아버지의 웃음

탈 많은 세상
까탈 부리지 말고
그냥 그냥 웃고 살거라

양반 상놈 구분 없다

양반탈 소용없어
바람벽에 걸렸으니
그저 웃고 살거라

시름 없는 사람 있더냐

사
실
은

잠 못 이루는 불면의 한밤중
문득 생각나는 자장가 자장가 소리
아! 어머니의 자장 자장 노랫가락

그러나 곰곰이 따져보라
이 세상 어느 누구도
어머니의 자장가를 듣진 못했다

나는 들었다고, 분명히 기억난다고
듣고 잘 잘 수 있었다고 우긴다면
끝내 아니라고, 아닐 것이라고
핀잔 줄 일은 결코 아니지만

사실은
어머니의 자장가는
관념의 틀에 예쁘게 갇힌
어머니에 대한
우리들의 짙은 그리움이다

사실은
어머니의 자장 자장 노랫가락을
지금에라도 들어보고 싶은
그리움의 환청이다

아무래도 수상하다
그제도 어제도 간밤에도
어머님은 어딘가 다녀오신 것 같다

누굴 은밀히 만나고 오신 걸까
분명 아버지는 아니신 것 같다

매일 아침 조금씩 아주 조금씩
움직이신 기미가 감지되지만
좋으신 친구라도 사귀고 계시냐고
여쭤어 볼 수도 없는 노릇이다

어머님이 가서 계신 그곳에
지금 세찬 바람이라도 불고 있는 걸까

어머님은 당신이 마지막 하나 남기고 가신
작은 흑백 사진틀 속에서
오늘 아침에도 빙그레 웃으시며
이승에 남아 있는 자식들 안부를 묻고 계신다

아무도 모르게 조금씩 움직이시면서
이승의 아침을 내려다보고 계신다

그
때
、
바
다
를
보
았
다

울 아버지 국토건설단 공사장에 일 나가시고
울 엄마 초량시장 길바닥 개떡장사 나가시고
울 동생 신문 팔아 봉지쌀 사 오던 그때,

전깃불 대신 남포등에 불 밝히고
수돗물 대신 산계곡물 받아 마시던
초량동 장군암 절 아랫동네
판자촌 바람벽 맞대고 살던 달동네

울타리 없는 앞마당 나서면
멀리 오륙도와 영도 아치섬,
봉래산과 신선대 솔밭 그림자
아침 해무 희미하게 건너다보이던
그곳에서 나는 돌 역기 들어 올리며
몸 근육을 키우고 미래를 키웠다

가난하지만 일곱 식구 살아 있어
그나마 다행이다, 다행이다 하시는
울 엄마 구성진 각설이 타령에
울 아버지 막걸리잔 들어 추임새 놓으시고
쪽마루 가장자리 따뜻한 햇볕

우리 식구 애환 파랗게 물들어 가고 있을 때,

나는 발 아래 부산 앞바다 내려다보며
태평양 항로를 바라보고 있었다.
그때, 나는 더 큰 바닷길을 꿈꾸고 있었다
나만의 푸른 꿈을 가꾸고 있었다

사진 제공-김한근

이
념
과
투
쟁

　일곱 식구 끼니 놓치지 않고 노랑 강냉이죽이라도 끓여 먹여야 했던 우리 어머니는 언제나 억척스러운 현실주의자셨고 청운의 꿈을 세찬 비바람 광풍에 날려 보내고 찢어진 푸른 구름 조각 붙들지 못한 허허로운 가슴 달래시느라 우리 아버지는 늘 자유주의적 신념으로 무직 맨손의 일상을 버티셨고 시장바닥 난전에서 하루 벌어 하루 먹고 살아야 하는 우리 어머니 기막힌 실용주의는 야박한 세상인심에 짐짓 초연한 아버지의 초현실주의와 맞부딪쳐 차가운 불꽃을 튕겼고 마른 들풀 모습의 창백한 형제들은 우리 동네 산동네 판자촌 이웃들의 이념의 종류, 이념의 품격, 이념의 현실, 이념의 끝장들을 보고 듣고 느끼고 때로는 키득키득 즐기기도 하면서 나름대로의 비판정신을 키우면서 성장통을 앓았고 좀처럼 치유되기 어려운 난치병 세습 빈곤증이 단칸셋방 지붕 아래 치열한 투쟁노선을 그려놓은 채 살아남기 위한 여러 갈래의 이념들은 달동네 골목 안 후미진 곳에 던져진 허연 연탄재 뼈다귀가 되어 긴 겨울을 떨어야 했고 인동초들은 이념의 차이를 뛰어넘어 투쟁 없는 좋은 세상으로의 엑소더스를 꿈꾸고 있었고…

손톱을 깎으며

헝클어진 잡념들이 정리정돈되는 사유思惟의 시간이다
집중과 결단의 칼날 예리하게 벼리는 긴장된 시간이다

이제 세상 밖으로 몸체 조금 드러낸
하얀 뼈 끝을 모질게 톡톡 잘라내면서도
일고의 망설임도 측은지심도 없는 나만의 시간이다

이놈이 더 길게 자라 나오면 성가시고 흉해 보일 것이라는
예상 하나만으로 가급적 깔끔하게 처리하려는
매우 이기적인 독단의 시간이다

그러함에도 톡톡 튀어 달아나는 잘린 내 뼈, 잘린 내 살,
말라버린 한 조각 내 핏덩이를 손바닥으로 쓸어 담으며
손 없는 날을 택해 무쇠 가위로 손톱을 잘라내시던
할머니를 생각하는 시간이다

밤중에 손톱 깎으면 귀신 나온다고 야단야단
타박하시던 울 엄마가 그리워지는 시간이다

빈
자
리
의

허
전
함

평생 부려먹은 큰 맷돌
오늘, 어금니 하나를 뽑았습니다
어머니께서 잘 만들어 주셨던
서른 개 튼튼한 간니 가운데
제일 크고 믿음직스러웠던
아랫 어금니 하나
처음으로 뽑았습니다, 어머님

맹수들이 송곳니가 빠지면
어디론가 보이지 않게 사라진다던데
이 정글에서 어금니 깨물고
굳세게 달려온 한 마리 맹수

어쩌지 못하는 세월의 그늘 아래
어금니 빠져나간 빈자리 어루만지며
보이지 않게 사라져 가야 할
허전함을 달래 봅니다, 어머님

오월에는

해마다 어김없이
아름답게 흔들리는 꽃잎과 함께
바람결 실려 오는 오월에는

오래된 내 아내 생일과
우리들 젊은 날 결혼기념일
그리고 할머니와 아버지 기일까지
기억해야 할 세월의 흔적들이
소복이 담겨 있어

초록 풀빛 연한 잎 그늘 아래
살아 있는 모든 것에 대한
나의 소박한 경외심이
아름답게 흔들리는 꽃잎과 같다
그래서, 오월에는 생각까지 아름답다

서로 다른 생각

아흔아홉에 돌아가신 죽마고우 모친상 조문 가서 두 번 절하고 한 번 반배하고 일어서는 그 짧은 순간 예순아홉에 세상 뜨신 울 엄마 생각이 나, 지금 살아계신다면 여든여덟이시니 십년을 더 넘게 사실 텐데 이 늙은 자식 곁에 두고 도란도란 세월 오물거리시면서 그렇게 한참을 더 사실 수 있을 텐데 하는 울 엄마 생각에 울컥 눈언저리가 붉어 일어서는 나를 본 붕우 녀석 제 엄마 죽음 슬퍼해 주는 줄 짐작코 감동 먹은 눈빛으로 친구야 고맙다 고마워 하며 내 두손 꼭 잡아 주는데 울 엄마 생각에 잠시 눈앞이 흐릿해 차마 속내 드러내지 못하고 친구야 미안하다 미안해 속으로 울음 삼키는데 쐬주잔 가득 울 엄마 얼굴 일렁거렸지.

반
짝
반
짝 ─ 손녀 예봄이에게

빛나는 것은 밤하늘 별만은 아니란다
우리들 곁에는 무수히 많은 빛남들이 있단다
얼마나 많은 생각과 말들이
찬 겨울날 동백 나뭇잎들처럼
반짝반짝 싱그러운 햇살 뿌리며
네 작은 가슴을 적셔 주고 있는지 한번 헤아려 보렴

희망, 은총, 사랑, 추억과 그리움, 용서와 배려
가족, 우정, 자비, 따뜻한 포옹, 격려와 칭찬
자유, 정의, 진실, 평등과 인류애, 평화와 행복

사람과 사람들, 저 빛나는 눈빛들, 만남들
참 많기도 하여라
아침 이슬만큼 별빛만큼
지상의 빛나는 모든 것 네가 차지해 보렴

푸르른 날의 대화

할머니! 절대 죽으면 안 돼, 알겠지?
할머니 절대 늙지 마, 늙으면 안 돼
내 시집 갈 때까지 죽으면 안 돼, 알았어?

그래 그래, 이 할미 안 늙고 안 죽을게
예봄이 너 시집 갈 때까지
안 죽고 살아 있을 거야, 걱정하지 마

근데, 할머니 사람은 꼭 죽어야 되는 거야?
그건 네가 어른이 되면 저절로 알게 돼, 걱정하지 마

근데, 할머니 나는 언제 어른이 되는 거야?
그것도 네가 어른이 되면 다 알게 돼, 걱정하지 마

정말? 어른이 되면 어른이 되는 걸 알게 된다고?
할머니! 거짓말이지? 어떻게 어른이 되면
어른이 되는 걸 알게 된다는 거야, 거짓말이지?

그래 그래 미안해, 예봄이 넌 어른이 되지 마
붉은 저고리 입은 채로 이 할미하고
지금처럼 예쁘게 오래오래 살자꾸나

저 푸른 소나무, 늙지도 죽지도 않는
싱싱한 소나무숲처럼 오래오래 살면 되는 거야

근데, 할머니! 할아버지는 어떻게 해?
글쎄, 이 할미도 그게 걱정이구나

추석 다음 날

썰물이 빠져나간 텅 빈 갯벌에
그 많던 미물微物들 자취도 없고
송송송 솟아난 공기집 사이로
소금바람 하늘소리 찰랑이듯

겨우 이틀 밤 묵고
서울 아이들 휑하니 떠나간 뒤
채 닫지 못한 문틈 사이로
손녀 예봄이 웃음소리 맴돌아 들고
텅 빈 거실엔 서늘한 그리움만 가득

추석 다음 날 늦은 저녁
우리 내외 식탁에 마주 앉아
끝내 한 마디도 말이 없다

아침, 미소를 머금다

고추 싸~아려, 감자도 왓써요~오
싱싱한 풋고추가 왓써요!
탱탱한 고추 싸~아려
동골동골 햇감자가 왓써요~오
고추 싸~아려, 감자 싸~아려

우리 집 나이 드신 마나님 마누라쟁이는
상기도 한밤중이신데, 듣고 계신가?

이른 아침 뒷동네 골목 어귀
진을 친 채소장수 아저씨
반 톤 트럭 이동차 생업 방송
야한 목소리로 은근 슬쩍 익살 버무려
민망한 줄 모르는 양 그 능청 거침이 없다

나는 오늘 아침에도 창문을 활짝 열고
속으로만 빙그레 웃는다.

· 4 부 ·

피할 수 없는 것들

기쁘게 오시는 한 줄기 빛
깊고 깊은 나의 님이시여!

한 줄기 빛

맞아요, 당신은 늘 한줄기 빛으로 내게 왔어요
잘 드리워진 장막 뒤에
당신은 알몸으로 숨어
부끄러움 드러내지 않으시려고
한줄기 가녀린 빛으로만
내 가슴을 두드렸어요

나로 하여금 한 생애 목마른 그리움과
떨리는 애원 속에서
당신의 예리한 빛살에
전율하기를 당신은 원했어요

님이시여! 한 줄기 빛으로 내게 오시는
사랑하는 님이시여!
이제 두터운 의문의 장막을 거두시고
크시고도 크신 사랑의 광명으로
나를 거세게 끌어안아 주어요

당신의 빛다발에 묻혀 한참을 울게 하세요
한없이 엎드려 울 수 있도록 허락하세요

한줄기 빛이신 내 사랑 당신이여 님이시여!

희고 둥근 항아리

저마다 십자가를 지고 산다
나도 그렇고 당신도 그러하다

그때의 나무 십자가는
이미 썩어 흔적도 없다
우상처럼 높이 걸려 있을 뿐이다

붉은 피, 바수어진 뼈와 살
할퀴고 조롱받던 사람의 고통
그 모두를 담아내고 있다

저 십자가에 매달려
죽음의 골짜기까지 갈 수 있는
넉넉함이 가득하다

부끄러운 위선의 그릇은 깨어버리고
차라리 흰 빛살에 두 눈이 멀어도
십자가 참 아픔을 품어서 안고

이 세상 끝에서 끝까지
두려움도 망설임도 없는

부드럽고 원만한 삶을 사랑할 수 있었으면

나도 그렇고 당신도 그러하다

제
발,
간
절
히
비
오
니

이제 사람을 못 박아 죽이지는 마세요
끌려오면서 일곱 번이나 넘어진 제 아들
양손과 발등에 대못을 박고
나무 십자가에 매달아 죽였으면
그것으로 끝내야만 합니다

그날, 어둠이 깔리는 해골산을 내려오면서
이 어미는 간절히 기도하였습니다
서로 상처주고 가슴에 못질하는
야만스러운 일은 없어져야 한다고

여러분들이 죽을 때
여러분들을 위하여 기도할게요

간절히 비오니 제 아들의 죽음이 헛되지 않도록
사람이 사람을 못 박아 죽게 하는
눈물겨운 일이 다시는 없도록 해주세요

이렇게 간절히 기도 드립니다, 제발

충전充電할게요

당신하고 통화 중인데
열심히 당신 이야기 듣고 있는데
갑자기 전화가 끊겨버리니
참으로 답답하고 서운하네요

내 휴대폰의
밧데리가 나가버렸네요

그럼 충전해야지요
미리미리 여유 있게 충전해 두어야지요

그래, 그렇지 내 정신 좀 봐
내 삶도 그렇게 해야 하는 것을
미리미리 준비해야 하는 것을

결코 단절되지 아니하고
이 세상 끝나는 날까지
당신을 사랑하고 사랑할 수 있도록
늘 충전하는 습관을 가져야 한다는 것을
깨우쳐주고 안아주는 당신의 크신 사랑

고마워요 감사해요 당신을 사랑해요
충전할게요, 잊지 않고 충전할게요

천
년
꽃
밭
길

꽃밭에서는
아무도 울지 않습니다

꽃밭에서는
아무도 다투지 않습니다

사바 인토忍土가
다 꽃밭이라고 생각하세요

번뇌도 탐욕도 모두 비우세요

천년 세월 꽃 지듯 흘려보내고
연꽃 봉오리 합장 미소
살포시 당신께 드립니다

깊디깊은 천년 꽃밭길
무상무념으로 거닐어 보세요

부처님! 서산에 해 넘어 갑니다
산사 앞마당과 뒤꼍에는
벌써 산그늘 적막이 시작됩니다

부처님! 눈 좀 뜨세요
천년 세월 줄곧 감고 계시는
두 눈 활짝 크게 뜨시어
자비광명의 눈빛으로

사바세계 이 번민, 이 고통 훌훌 벗어던지고
깊고 넓은 법해法海에 풍덩 빠질 수 있게 해 주서요

부처님! 제발 이제 눈 좀 뜨세요
서산에 해 넘어 갑니다

초록 풍경소리

연초록 연꽃 이파리 처마 끝
나지막이 물살을 가르며
야윈 물고기 한 마리 한들한들
하루 종일 유영遊泳을 한다

먼 산 가득히 산새들은 좌선座禪 중인 듯
한 줄기 푸르디푸른 남녘 바람만이
산사山寺의 무료를 달래고

절반은 꿈속 길 생가生家 앞마당
나머지 절반은 생시生時인지라
가물가물 졸고 있는 사미승 등 너머
죽비 한 자루 나무기둥에 걸렸는데
꽃모종 바라보는 노스님
밭은 기침소리 아련히 들려온다

천년, 가을하늘에

불국사 우거진 소나무 숲
보이지 않는 오동나무 큰 가지 잎 그늘에
천년을 넘게 숨어 사는 한 쌍 봉황새

올해도 어김없이 푸르게 하 높아버린
천년고도의 추색秋色을 이기지 못하고
동해바람 쐬러 석굴암 쪽으로
휘익 날아 오른 뒤 짙은 가을하늘엔
두 줄기 비행운飛行雲만 가뭇없이 흩어지고

다보탑 석가탑 언저리엔
서라벌 옛 사람들
못다 피운 사랑 그리움들만 설핏 남았더라

作은 새를 위한 넋건이

옛 서라벌 황룡사 큰 법당 벽화
솔거가 그린 푸른 소나무 잔가지에
토함산 참새 몇 마리 우수수 날아들어
작은 머리 부딪고 황천길 떠나간 아침

주지 스님 살생유택 준엄하신 설법 앞에
신라 사부대중 모여 앉아
죽은 참새들 넋 기리며 합장기도 했을 텐데

오늘 아침, 거제 바다 해금강 맞은편
학동마을 이십오 층 높은 아파트 통유리창에
팔색조 한 마리 후박나무 가지 찾아
작은 가슴 부딪고 이 세상 떠난 아침

전국 신문, 텔레비전 뉴스 앞에
뉘라서 모여 앉아 살생금단 참회하며
비명횡사한 작은 새의 넋이라도 달랬을까

＊ 팔색조: 천연기념물 제204호로 멸종위기 야생동물 2급으로 지
정, 보호받고 있는 희귀한 여름새임. 아름다운 작은 새, 지키자!

130

갑
자
기

우리는 뜻하지 아니한 때
참으로 많은 아픔들을 만나고 산다

좋았던 죽마고우의 부음을 듣기도 하고
고왔던 사람에게 헤어짐을 당하기도 하고
하물며 가족과의 영원한 이별마저도

우리는 늘 뜻하지 아니한 때
갑자기라는 부사副詞를 앞세우고
별안간 우리를 엄습해 오는
그 많은 아픔들을 뿌리치지 못한 채

때로는 울먹이며 때로는 분노하고
또 때로는 몸서리치면서

조금씩 받아들이고 조금씩 포기하면서
가슴을 여미고 눈시울을 적신다

그러나 언젠가는 내 스스로도
갑자기라는 빨간 모자를 눌러쓰고
세상 누군가를 향해

작별을 해야 한다는 생각이 깊다

이른 새벽 선잠에서 깨어난 지금
갑자기 스며드는 이 겨울 냉기冷氣

피할 수 없는 것에 대하여

갑자기 쏟아졌다가
금세 그치는 여름 소나기
사람들은 잠시 피해서 간다

옷이 젖을세라
그렇게 소나기를 피해 가면서

정작, 분노와 미움의 소나기
투쟁과 탐욕의 소나기는
피해 갈 줄을 모른다

어느 날 갑자기 쏟아질지 모르는
이 세상 모든 것과의 슬픈 결별
금세 끝나버릴 마지막 소나기마저
두고 갈 마음이 젖을세라
두 눈 꼭 감고 피해 가려 하지만

글자의 변형
變形

사람이라는 두 글자를
양 손바닥으로 살짝 밀어붙여 보면
그게 삶이라는 한 글자가 되고

사람이라는 글자의
아래 받침 네모진 모서리를
둥글게 둥글게 다독거려 보면
비로소 사랑이라는 글자가 되고

사람이 그 생애를 끝내면
꽃이 지고, 노을이 지듯이
사람도 그렇게 지고 마는 것이니
허무하고 허무하지만
사라지다로 표현할 수밖에

· 5 부 ·

보이지 않고도
있는 것들

두 눈 감고도 또렷이 보이는
내 작은 설렘들이여!

작은 것이 아름답다

돌무릎 베고 누운 작은 들꽃이여
눈부시게 예쁜 대지의 사랑이여

어느 봄날 풀밭에 앉고 누웠던
우리들 젊은 날의 환생이여

세상의 작은 아름다움들이 사라진다면
그때 우리 모두는 더욱 쓸쓸해지겠지

소나무엔 향기가 없을 것 같은데 있어요
소나무엔 향기가 있을 것 같은데 없어요

따뜻한 봄날 소나무 곁에 가 보아요
있는 듯 없는 듯 바람에 솔향이 흔들려요

스산한 늦가을 솔내음 없는 솔숲에 가 보아요
두텁게 갈라진 솔보굿이 장엄해요

돌아올 봄날의 눈부신 햇살을 기다리며
소나무는 정정하게 찬 세월을 다스리고 있어요

우리가 사는 이 세상에는

빚 때문에
빛을 보지 못하고 사는 사람들

빛을 내보려고
빚을 안고 힘들게 사는 사람들

그렇게 사는 사람들이
우리가 사는 이 세상에는
참으로 많고도 많습니다

빚과 빛, 점 한 획의 차이인데
가만히 따져 들여다보면
그 결과가 너무 달라
마음이 무겁습니다

빚에 짓눌려 신음하는 사람들
빛을 내보려고 몸부림치는 사람들

빚의 육중한 어둠에 깔려
빛의 눈부신 광채를 볼 수 없는 사람들

이 모든 가슴 아픈 사람들에게
세상의 빛살이 모이고 모여서
행복한 빛다발 하나 마련되었으면 좋겠습니다

노
송 老
松

앞
에
서

누가 여기에 솔씨 몇 알 뿌렸을까
식송망정植松望亭 깊은 소망 안고
작은 솔씨 누가 여기에 묻고 갔을까

셀 수 없는 일월의 흐름 속에
그 작은 솔씨는 송화松花가루 흩날리며
비로소 백목지장百木之長의 꿈을 이루었으니

먼 훗날 검푸른 침엽 곧추세워
천년 세월을 낙목한천落木寒天 곱게 수놓고
독야청청獨也靑靑 하리라던
솔씨 뿌린 시퍼런 그 맹세

오늘 북풍한설北風寒雪 거센 비바람에도
끝내 굽히지 아니함을
뉘라서 모른다 외면할까

142

아들아!

두려워하지 마라, 걱정하지 마라
아버지의 아버지, 할아버지의 할아버지께서도
저 능선에 오르셨고 저 산들을 넘으셨다

산 속에 길이 있다
길은 갈 수 있는 길일 뿐이다
두려움의 대상이 아닌 것을
걱정의 대상도 아니라는 것을

나무도 바위도 죽은 나뭇잎의 부스러기도
아주 연하고 부드러운 풀잎까지도
살아 있는 희망이고 고마운 성원이다

두려워하지 마라, 걱정하지 마라
저 능선을, 저 산줄기를 밟고 일어서라
계곡과 계곡, 봉우리와 봉우리를 잇는
인고忍苦의 길들을 깊이 성찰해 볼 일이다

그리고 나아가라, 더 큰 보폭으로 전진하라
치열한 세상과의 즐거운 조우가
자랑스러운 너를 기다리고 있을 뿐이다
아들아! 두려워하지 마라, 걱정하지 마라

어차피 가야 할 길이라면

네가 저 길을 가야만 한다면
저 언덕을 넘어
피할 수 없는 저 굽은 길을
너 혼자 외롭게 가야 한다면
먼저, 저 높은 하늘을 올려다보아라
네 가슴이 터지도록
푸른 희망을 한껏 들이마셔라

그 다음, 짙푸른 나무들의 숲과
길가에 아무렇게나 피어 있는
야생화의 아름다움을 눈여겨보아라

이름 없는 들꽃들의 끈질긴 생명력과
거센 바람에 잠시 몸을 숙일 뿐
결코 꺾이지 않고 다시 일어서는
연하디연한 풀잎들의 굳셈이
저 길을 따라 너와 함께하리니

낯선 사람들과의 만남도
아쉬운 작별과 깊은 아픔도
짧은 기쁨과 한없는 그리움도
끝내는 견딜 수 없는 고독감마저도
모두 네가 저 길에서 만나야 하는
바람이나 비, 구름이나 무지개와도 같은
거부할 수 없는 네 숙명인 것을

지구 반대편에 떠나 있는
네가 대견스럽고 지극히 자랑스럽구나
어차피 네가 가야 할 길이라면
두려움도 망설임도 없이 굳세게 가거라

저 언덕 너머에는
네가 디디고 설 새로운 지평
하늘로부터의 큰 은총이
너를 기다리고 있을 것이니
네가 가야 할 길이라면
지금 가거라, 힘차게 나아가거라

＊ 세계 각국에 나가 있는 수많은 우리 유학생,
어린 아들딸들에게 이 작은 시를 드립니다.

가슴에 숨겨둔 시퍼런 비수匕首 거두시고
저 붉은 노을을 찬찬히 한번 바라다보세요
저무는 황혼이 얼마나 아름답고 장엄한지

답답하고 분해도 조금만 참으세요
서편에 남아 있는 저 노을 다 타버린 뒤
비로소 청아한 밤하늘 열리고
보석 같은 별빛들이 사랑의 가루가 되고

한밤이 그렇게 무르익은 연후에야
유성이 흘러간 아득한 공간
또다시 눈부신 일출의 장관이 불쑥 솟아나
우리 모두를 겸연케 하지 않습디까

함께 걸어오신 먼 길 이제 다 왔습니다
조금만 조금만 참으세요

마음과 미움은 같은 이름씨지요
하지만 미움은 미워하다라는 남움직씨로
송곳 끝과 같은 예리한 날이 될 수 있는
무서운 잠재력을 품고 있는 이름씨지요

마음에서 점 한 획을 돌려세우면
마음은 금세 미움이라는
나쁜 움직씨의 나락으로 떨어지고 말지요

나의 마음이 당신의 마음일 때
나와 당신인 우리는
사랑이나 행복 아니면 배려라고 하는
따뜻한 이름씨 하나를 더 갖게 되지요

그래서 우리는 마음이 미움으로 변질되지 않도록
아름다운 움직씨 몇 낱말쯤은
가슴에 고이 품고 살아야 하겠지요
나날을 그렇게 아름답게 살아야 하겠지요

도
시
의

달

힘겨운 하루를 누인
불 꺼진 창들 곁으로
아직도 잠들지 못한
네모진 방들 사랑 가득하다

깊고 푸른 저 달빛
가슴 시리게 바라보며
도시의 밤은
서늘한 가을 바람 멀리
애잔하게 반복된다

부산 서면 큰 서점 영광도서를 혹시 아시나요.

입구 목 좋은 신간 코너, 온갖 미사여구로 분칠을 하고 꽃보다 화사한 광고 디자인 문안들 상업주의를 뒤집어쓴 신간 서적들을 곁눈으로 일견하시고 맨 안쪽 시집詩集 코너에 가보세요.

시인들 빛나는 예지와 삶에 대한 철학, 보석같은 시어詩語들, 세상일들을 아름답게 재단하던 영혼의 칼날들이 뿌옇게 녹슨 채 더러는 환자처럼 누워 있고 더러는 아직은 힘차게 서가에 꽂혀 있는데 가슴이 아릿해요. 큰 문학상을 받았던 작품도 있고 크게 두각을 드러내지 못한 평범한 시집도 있고 늦깎이로 자비 출판한 졸작도 한둘 보이고 예쁘게 꾸민 나이든 여류시인 노작도 보이곤 해요. 그러나 시집 코너 전체적 분위기는 조금 서글퍼요.

그 시집 코너 밑바닥에 내가 혼불을 밝히고 지성을 다해 내어놓았던 시집 「탱고를 추세요」가 몇 년 동안 팔리지 않고 지금도 더러 누워 있어요. 꼭 불치병 환자 같은 안색으로 나를 올려다보고 있어요. 무책임한 주인에 대한 원망과 힐책이 가득한 눈빛 때문에 그곳에 가면 나는 늘 작아지고 먹먹해져요.

　여러분! 시집 코너 좀 살려주세요. 가난한 시인들이 여러분에게 꼭 알려 드리라는 당부가 있어서 이렇게 알려 드렸습니다.

연락처를 지우고

아름다운 흔적들 지워지고
오래된 기억들 잊혀진다는 것은
모두 아픔이고 슬픈 일이다

오늘 아침, 스마트폰 연락처 탭을 눌러
그 사람의 연락번호를 지웠다
그 사람과 나를 이어주었던
이 세상의 동아줄 하나가
아무런 저항도 없이 소멸되었다

그리고, 아픈 흔적 하나가
내 가슴 깊은 곳에 자리잡았다

언제쯤일까, 나 또한 지워지리라
짧은 작별도 남기지 못한 채
세상 모두의 연락처 검색창에서
그렇게 소멸되고 잊혀지면서
누군가의 가슴 깊숙한 곳
아리고 아린 흔적 하나 남기려나

저 아이들이 자라나 어른이 되면
이 땅에 전쟁은 없어질 거야

언제나 검정 두루마기, 흰 고무신 차림
그 젊은 사회주의자 갈망 서린 예측은
잘못 쏜 선구자의 화살이 되어 버렸고

광복 공간 좌우 이념 투쟁의 희생양
두 젊은이의 멈출 수 없는 시간은
댓돌 위 흰 고무신으로 남아 있을 뿐

밤 깊은 사랑방 두런두런 낮은 목소리
우리 아버지들 그때 그 밀담은
아직도 끝나지 아니한 채
뜨겁게 이어져 나가고 있음이니

이 땅에 전쟁이 없어지기를
어둠을 잘 견디어 낸 새벽안개 너머로
찬란한 아침해가 솟아오르기를

칠천만 우리 민족이 그렇게 생각하고 있을지도 모른다고 생각하고 있다. 그리기도, 설명하기도 어렵고 힘들다. 그래서 스스로 난감하고 가끔은 부끄럽기까지 하다고 생각하시는 어른들도 참 많으실 거라고 생각하고 있다.

하나의 둥근 원이 위와 아래로 오묘하게 쪼개어져 빨간 레드와 파란 블루로 단아하게 대처하고 있으며 셋이 넷이 되고, 넷이 다섯이 되고, 다섯이 다시 여섯으로 나뉘어 심오한 우주의 섭리를 상징하고 있다고 하는데,

내 나이 스물에 죽음을 각오하고 전투 수당 삼십팔 달러 꼬박꼬박 어머님께 부쳐주면 우리 가족 굶어 죽지는 않을 거라는 생각으로 십자성 별자리가 보인다는 머나먼 월남땅 남의 나라 전쟁터 향해 떠나갈 때,

수송함 난간 기대어 초량동 구봉산 장군암 절 아랫동네 판자촌 일곱식구 월세 들어 살던 산동네 올려다보며 부산항 떠나갈 때,

어머님은 죽을힘을 다해 큰 아들 무운 빌며 손수건 한 장 크기만 한 종이 태극기 마구 마구 흔들며 흐르는 눈물 숨기고 계셨고,

동지나바다 건너 부산 떠난 지 이레 만에 베트남 땅 추라이 반도, 철조망 겹겹으로 둘러쳐진 정글 속 전투형 진지 작은 연병장 귀퉁이 노을 비낀 이국 하늘을 배경으로 엄수되던 하기식 시간, 언제 죽을지도 모르는 새카만 얼굴들은 영문 모르게 흘러내리는 두 볼 위 눈물을 삼키며 끝내 살아서 고향 앞으로 가야 한다는 자신과의 맹약을 다짐하고 또 다짐했었고,

그때 죽은 전우들은 지금 동작동 국립묘지에 말없이 묻힌 채 태극 깃발 그리운 몸짓으로 살아남은 또 다른 희생자, 우리들을 지극한 긍휼심으로 위로해 주고 있는데,

깔끔하게 디자인된 태극기 동산이 서울 한복판 명동거리 높은 빌딩가에 진을 치고 있음은 호국 보훈의 달, 이 6월에 나에게 무슨 곡절 사연을 따져 보려 함인지 가슴 아려 오는데,

히말라야 여럿 설산 정상에도, 우리 땅 독도에도, 붉은 악마 서울 광장에도, 민족해방 공간에도, 낙동강 전선과 중앙청 꼭대기에도 4·19와 5·16 그리고 5·18과 6·10에도, 수많은 노동현장 투쟁의 시간에도 태극기는 빠짐없이 펄럭였고 게양되었으며 바람에 휘날리고 흔들렸는데,

밤 깊은 대한민국 수도 서울 한복판에 보기 좋게 꾸며진 태극기 꽃밭 스쳐 술 취한 젊은이들 어깨동무 견고히 유행가 목 놓아 외쳐 부르고 있는데,

그 외면과 무관심의 갈짓자 행보를 따라가며 태극기는 아주 작은 몸짓으로 무엇인가를 흔들어 손짓하고 있는 것 같다는 내 작은 조국에 대한 면구스러움이, 태극기에 대한 나의 작은 생각이 너무 가난한 것 같아 가슴이 자꾸만 먹먹해지려 하는데,

끝내 태극기는 그리기도, 설명하기도 어려운 존재로만 남아 있어야 하는 것인가.

차가운 권유
勸誘

무엇이 되고자 하는 여러분
좋은 자리 하나 차지하고 싶은 여러분
찬물에 맑게 아침 세수하시고
거울 앞에 한번 서 보세요

내가, 거울 속 이 얼굴이
무엇 무엇이 되고 싶은데
정말 간절하고도 간절한데
과연 가당찮은 욕심은 아닌지
스스로에게 물어보고 답을 구하세요

한 알의 붉은 사과, 한 톨의 쌀보리도
여름철 뜨거운 햇살과 굵은 빗줄기
한치 앞이 보이지 않는 거센 비바람
모두 이겨 낸 연후에야
비로소 값진 결실 이루어 내는
무겁고 두려운 큰 섭리를
아직 깨닫지 못하였다면
조금 더 때를 기다려 보세요

무엇 무엇이 되고 싶다는 욕망

이 세상의 큰 권세, 명예, 존경의 대상
이러한 것들 한번 누려 보고 싶은
과분한 욕심 솟구칠 때마다
차분히 거울 바라보세요

때로 유리 거울 뒤 엄연하게 걸려 있는
또 다른 거울
양심의 거울까지도 한번 바라보세요

아침마다 차가운 양변기에 걸터앉아
조간신문 한가운데 찾아서 가면
그녀를 만난다

잉크 냄새 자욱한 전쟁터 옆단
반쯤 벗고, 아주 섹시하게 웃고 있는
그녀를 만난다

언제 보아도 그만큼만 웃고 있고
매일 보아도 그만큼만 벗고 있는
내 죽은 욕정을 건드려 보려는 듯
그러나, 예쁜 그녀는 그림의 떡이다

아침마다 굴곡 보드라운 얼굴
그녀를 만나고
군침까지 삼켜가면서
고단한 일상의 전쟁터에
사정없이 던져지는 매일 아침에
나는 나를 만난다

다 **품격**의 **비밀**이다

십시오

가

다

광안리, 흔들리는 것들

새떼 무리지어 날아오른다
바닷바람에 심하게 흔들리며
무수히 날아오르는 새떼

술잔 부딪히는 교성嬌聲에 놀라
형형색색으로 비상하는 새떼
광안리, 오늘 밤도 어지럽게 흔들리는

원대리 院垈里에

낯선 길 찾아간 자작나무 숲
당신의 오랜 기다림은 흰나비 떼

발목과 무릎, 허리에서 가슴 높이로
허물 벗고 흰 속살 자작자작 드러낸 채
인동忍冬의 흔적 또렷한데

끝내 만나지 못한 기다림들은
저무는 원대리 능선 붉은 석양
먼 산울림으로 물들어 있고

그날 밤, 원대리에 두고 온 우리들 고운 꿈
자작나무 껍질에 새긴 한 쌍의 천마天馬 되어
푸른 하늘에 올랐으리

* 강원도 인제군 인제읍 원대리. 자작나무 꽃말 "당신을 기다립니다"

틀려라, 일기예보

오늘도 중부지방 수도권 경기 인천 강원지방에 집
중호우가 쏟아지겠다는 일기예보다. 천둥번개까지
동반한 많은 비 시우량 오십 밀리미터 이상의 폭우
가 국지적으로 쏟아질 것이 예상된다고 한다. 해마
다 장마철이면 유독 서울을 비롯한 우리나라 국토
중심부에 폭우가 쏟아져 하천이 범람하고 비탈면이
우르르 무너지고 다리가 떠내려가고 도로가 내려앉
고 논밭이 흙탕물에 잠겨 일 년 농사 망쳐놓고 그것
도 모자라 모진 사람 목숨까지 앗아간다. 아직 청산
되지 못한, 엄청난 빗물 폭포 같은 물기둥으로 씻어
내야 하는 슬픔들이 산야에 묻혀 있어서인가, 반세
기를 훌쩍 넘긴 전쟁의 원혼들이 아직도 구천을 헤
매고 있어서인가, 오염된 못된 것들 여기저기 숨어
있어서인가, 지구를 떠나야 할 청산 대상들이 아직
도 활개를 치고 돌아다녀서인가, 대한민국 많은 사

람과 재화, 이념과 투쟁, 음모와 술수, 이기와 아집
들이 한데 엉켜 하늘이 보기에 영 마뜩찮아서인가.
해마다 이맘 때 장마철만 되면 모두의 걱정이 일기
예보를 앞질러 그곳으로 올라간다. 그곳엔 우리의
형제자매 아이들과 살붙이들이 모여 살고 있기 때문
만은 아닐 텐데, 하여튼 올해도 걱정이다. 오늘 일기
예보가 완전히 빗나가기를 바라본다.

저
다
리
를
건
너

저 다리를 건너가자
깊은 바다 발 담그고 차갑게 선
저 냉정한 다리를 건너
안개가 가리고 있는 이 도시를 떠나자

언제 우리가 나그네 되고
언제 우리가 시인이 되랴

저 다리를 건너
우리가 갈 수 없는 그곳까지
당당히 빠져간다면
비로소 우리는 우리로부터 해방되리니

다 놓아버리고 모든 것 털어버리고
저 다리를 건너가자
한번쯤, 이 도시를 잊어보자

팔
랑
개
비
의

꿈

가로수 아래 쌈지 꽃밭
노랑 파랑 빨강색 작은 팔랑개비들이
잔잔한 물바람 일으키며
진종일 동그라미를 그린다

바라다보는 예쁜 여자아이
예쁘게 돌고 있는 팔랑개비에게
예쁜 눈웃음을 던진다
아이 엄마도 따라서 던진다

팔랑개비는 산지사방
따뜻한 사랑의 씨앗을 날려 보내
삭막한 도시의 빌딩 숲에도
물바람 따라 잔잔한 초록빛 감동들이
연이어 피어나기를 꿈꾼다

작고 예쁜 색종이 팔랑개비들
쌈지 꽃밭에서
진종일 사랑의 씨앗을 날려 보낸다

後記

한 장의 흑백 사진, 소중한 나의 흔적.
1967년 11월 어느 비 오는 날의 베트남 추라이.
해병대 청룡부대, 푸르렀던 나의 젊음.

몹쓸 가난과 싸우고 미칠 듯이 사랑하고 떠나가고
뿔뿔이 흩어져 헤어지고 그 모든 것을 애타게 그리워하고
매일 매일의 각박한 삶과의 치열한 조우, 전쟁!
무너지지 아니하고 소멸되지 않은 채 거부할 수도 없는
세상이라는 더 큰 전쟁터에서의 구사일생!

그동안 죽지 않고 큰 상처 입지 않도록 따뜻하게 보살펴 주시고
내 작은 시심(詩心)의 화톳불이 꺼지지 않도록 관심어린 애정으로
다독거려 주신 모든 분들께 머리 숙여 감사드립니다. 특히 원고
정리와 사진 준비를 도와준 조현경 양과 정유찬 군 그리고 동길산
시인님과 출판을 흔쾌히 맡아 주신 산지니 강수걸 대표님을 비롯
한 직원 여러분께 감사드립니다.

무엇보다 당신의 고운 사랑이 있었기에 오늘이 있음을 가슴에 담아 두렵니다. 세상 끝나는 날, 많은 이들로부터 기억되는 시인의 삶을, 나의 흔적을 당신과 함께 만들어 가겠습니다.

2013년 가을

아버지의 웃음

초판 1쇄 발행 2013년 9월 30일
    3쇄 발행 2013년 11월 15일

지은이 하계열
펴낸이 강수걸
펴낸곳 산지니
편집주간 전성욱
편집 권경옥 손수경 양아름 윤은미
디자인 권문경
등록 2005년 2월 7일 제14-49호
주소 부산광역시 연제구 거제1동 1498-2 위너스빌딩 203호
전화 051-504-7070 | 팩스 051-507-7543
홈페이지 www.sanzinibook.com
전자우편 sanzini@sanzinibook.com
블로그 http://sanzinibook.tistory.com

ISBN 978-89-6545-228-7 03810